RATUS POCHE

COLLECTION DIRIGÉE PAR JEANINE ET JEAN GUION

À l'école de grand-père

Les histoires de toujours

- Icare, l'homme-oiseau
- Les aventures du chat botté
- Les moutons de Panurge
- Le malin petit tailleur
- Histoires et proverbes d'animaux
- Pégase, le cheval ailé
- Le cheval de Troie
- Arthur et l'enchanteur Merlin
- La légende des santons de Provence
- Les malheurs du père Noël
- À l'école de grand-père
- L'extraordinaire voyage d'Ulysse
- Les douze travaux d'Hercule
- Les folles aventures de Don Quichotte
- Les mille et une nuits de Shéhérazade
- La malédiction de Toutankhamon
- Christophe Colomb et le Nouveau Monde

© Hatier Paris 2006, ISSN 1259 4652, ISBN 978-2-218-92317-3

Histoires et proverbes

À l'école de grand-père

Sept contes de Clémentine et Jean Delile
illustrés par Marc Goubier

HATIER
Jeunesse

Pierrot
M. Durenard
M. et Mme Grolapin
Papy Proverbe

Les personnages de l'histoire

La peur du gendarme est le commencement de la sagesse.

Pierrot se vantait de n'avoir peur de rien. 1
Dans la rue, il traversait sans regarder. Dans la cour de récréation, il grimpait aux arbres. En classe, il faisait le pitre et empêchait ses camarades de travailler.

Son maître, M. Durenard, était excédé. 2
Il n'avait jamais eu d'élève aussi pénible et, pour le calmer, il décida de lui donner une leçon pendant la prochaine dictée.

C'est que Pierrot n'aimait pas du tout cet exercice. Il avait l'habitude de faire ses plus grosses bêtises à ce moment-là. Et justement, il se mit à crier :

– La dictée, c'est comme les cerises, ça tache !

Et hop ! Il trempa sa plume dans l'encrier, la secoua et fit une tache sur le cahier de son voisin qui lui donna un coup de poing.

À ce moment précis, on entendit frapper.

– Entrez, dit le maître.

La porte s'ouvrit. Un gendarme apparut, un gendarme grand et fort, un véritable géant. Il demanda, d'une voix terrible :

– Où est le rigolo qui n'a peur de rien ?

Toutes les mains montrèrent Pierrot dont les genoux s'entrechoquaient. Le gendarme s'approcha de lui, puis il s'arrêta, jambes écartées, poings sur les hanches. Il l'attrapa par le col et le souleva de son siège pour lui mettre le nez juste en face du sien. Pierrot
voulut crier, mais sa voix s'étrangla dans sa 3
gorge. Le gendarme le reposa sans dire un mot et repartit en marchant lentement et en faisant claquer ses grosses chaussures sur le vieux parquet de la classe.

Qui va faire peur à Pierrot et le rendre sage ?

Dès qu'il fut sorti, la dictée reprit dans un silence où l'on entendait seulement la voix du maître et le bruit des plumes qui crissaient sur le papier. 4

Le lendemain matin, la classe commença par une leçon de morale, comme d'habitude.

M. Durenard avait écrit au tableau : *La peur du gendarme est le commencement de la sagesse.*

Pierrot leva aussitôt la main, se mit debout et demanda :

– M'sieur, le gendarme d'hier, est-ce qu'il va revenir ?

– Ça dépendra de toi, répondit le maître. Ce gendarme-là, c'est mon beau-frère. Si je l'appelle, il vient tout de suite.

Pierrot se rassit. À partir de ce jour, il fut raisonnable. Et plus tard, il devint même gendarme…

Bien parler n'écorche pas la langue.

Dans les classes d'autrefois, il y avait aussi quelques enfants polissons. C'était le cas de Gaston, qui était en plus très malpoli. La maîtresse le grondait, mais il lui tirait la langue ou faisait des grimaces dès qu'elle avait le dos tourné. Ses gros mots préférés étaient *crotte de bique* et *saperlipopette* ! Il aimait aussi *scrogneugneu*, mais il en disait de bien plus vilains, qu'il est impossible de répéter ici.

Un jour que la maîtresse était dans le couloir, il grimpa sur sa chaise et dit que son copain Dugognant était une bourrique, une crotte de chien, une tête en bois et une niquedouille. La maîtresse l'entendit :

– Tu seras privé de récréation pendant une semaine ! dit-elle.

Mais Gaston était très, très mal élevé et il continua :

– Dugognant, c'est une cornegidouille à 7
tête d'âne !

Ça ne voulait rien dire, mais c'était méchant et pas poli du tout. Gaston riait. Il avait entendu ces mots chez lui, alors il était heureux de les répéter en classe.

Dugognant, lui, était furieux. Il poussa le
turbulent Gaston qui tomba de sa chaise tout 8
en continuant à parler mal :

– Saperlipopouille, niquemoche et corne…

Gaston se cogna la bouche sur le bord de son bureau et ses dents lui mordirent le bout de la langue. Il n'eut pas le temps de dire *cornegidouille* en entier car sa langue se mit à saigner. Quand il sentit le sang dans sa bouche, il se précipita vers la maîtresse.

Qu’arrive-t-il à Gaston ?

– Ma *hangue* ! pleurnicha-t-il. Ma *hangue*…

La maîtresse vit que ce n'était pas grave, alors elle en profita pour donner une bonne leçon à Gaston.

– Bien parler n'écorche pas la langue, fit-elle. Voilà ce qui arrive quand on n'est pas poli. Tu copieras cent fois : *Je ne dirai plus de gros mots.*

Bien sûr, la maîtresse ne disait pas la vérité. Si Gaston était tombé du banc en disant « *Notre maîtresse est jolie et gentille* », il se serait quand même mordu la langue. La vérité, c'est qu'il ne faut pas parler quand on tombe, ni tirer la langue au moment où l'on se cogne le menton, mais Gaston ne pensait pas à cela. Il avait eu si peur à cause du sang qu'il crut la maîtresse et promit de ne plus jamais dire de gros mots.

Et il tint parole ! Il ne devint pas bon élève pour autant, non, mais après son accident, il parla poliment. Au lieu de dire, par exemple : « *Dugognant, espèce de scrogneugneu de tête d'âne, rends-moi mon stylo* », il disait gentiment : « *Dugognant, rends-moi mon stylo, s'il te plaît.* »

Quand on demandait à Gaston pourquoi il parlait maintenant si bien, il répondait d'un ton de maître d'école :

– Il vaut mieux bien parler, ça n'écorche pas la langue.

Puis il tirait sa langue pour montrer sa petite cicatrice et il ajoutait très sérieusement, ce qui faisait sourire la maîtresse :

– En tout cas, moi, je fais très attention. Je ne dis plus jamais de gros mots.

Rira bien qui rira le dernier.

Comme c'était la coutume autrefois, il n'y avait que des filles dans la classe de Mlle Palochine.

– Vous êtes de vrais ânes, leur criait-elle quand elles se trompaient.

Elle mimait alors les grandes oreilles des ânes avec ses mains, faisait hi-han et riait. C'est qu'elle était moqueuse, Mlle Palochine.

Un jour, un gendarme vint s'installer au village. C'était un homme avec de belles moustaches qui avait une fille appelée Gisèle. Une semaine après l'arrivée de cette nouvelle élève, Mlle Palochine annonça à toute la classe qui croisait sagement les bras :

– J'ai enfin une élève intelligente, Gisèle.

Elle est vive et pleine d'esprit. Une lionne au milieu d'un troupeau d'ânes !

Elle se mit à rire. Les élèves rougirent de honte, mais Mlle Palochine leur fit les gros yeux. Elles furent obligées d'applaudir Gisèle qui en profita pour s'applaudir elle-même.

Après la classe, les grandes essayèrent de la pincer pour se venger, mais elle les menaça :

– Si vous m'embêtez, je le dis à mon papa qui est gendarme.

Les *ânes* furent obligés de laisser la *lionne* tranquille à cause du képi paternel. Elles se contentèrent de l'appeler *chouchou.* Chaque fois que Mlle Palochine félicitait Gisèle, quelqu'un disait, quelque part dans la classe :

– Gisèle chouchou… chouchou…

Mlle Palochine se fâchait :

– Quelle est la fille à tête d'âne qui se prend pour un chou ?

Et elle riait de sa plaisanterie.

Un jour, elle surprit la petite Denise qui disait elle aussi *chouchou.* Denise, c'était l'élève la plus gentille de toutes, la plus timide derrière ses grosses lunettes d'enfant sage. Mlle Palochine la gronda et cria si fort que la pauvre Denise en fit pipi dans sa culotte. La maîtresse se moqua d'elle, évidemment. Mais l'heure de la vengeance n'était pas loin…

Après la récréation, Mlle Palochine lut : « *Gisèle remplit sa baignoire de 150 litres avec un robinet qui débite un litre d'eau à* 9
la minute. Au bout de combien de temps sa baignoire va-t-elle déborder ? »

– C'est un très joli problème inventé par votre camarade, dit-elle. Au travail !

Un peu plus tard, l'auteur du problème fut invitée à venir au tableau.

– Gisèle, dit l'institutrice, explique à ces cancres à grandes oreilles au bout de combien de temps débordera ta baignoire.

Qui rira le dernier dans cette histoire ?

Gisèle joua au professeur. Mlle Palochine s'apprêtait à la féliciter quand Denise se leva et dit de sa petite voix timide :

– M'dame ! Le problème de Gisèle, il est bête. Sa baignoire, elle peut pas déborder.

La maîtresse se mit dans une colère noire. Elle s'approcha de Denise en criant :

– Tu te crois plus intelligente que Gisèle ? Tu t'y connais peut-être en baignoire ?

Alors Denise répondit calmement :

– Ben, m'dame, mon papa, il est plombier. 10
Sur une baignoire, il y a toujours un trop-
plein qui empêche que ça déborde. Gisèle, 11
elle y connaît rien.

Mlle Palochine en resta bouche bée. Ses 12
élèves éclatèrent de rire. Alors, folle de rage,
elle les priva de récréation, mais elle ne réussit
pas à les calmer.

On raconte qu'elles rient encore au souvenir de cette histoire.

Qui va à la chasse perd sa place.

Dans la classe de Jules Grolapin, on aurait entendu une mouche se frotter les pattes. C'était un maître d'école si sévère qu'au moindre bruit, à la moindre hésitation, à la plus petite faute, il punissait ses élèves. Une vraie terreur ! Mais ce maître d'école avait une qualité : il savait prendre de jolies photos. Aussi était-il devenu, en plus de son travail, le journaliste du village. Ses articles paraissaient dans *La gazette du canton* et ils avaient beaucoup de succès.

De temps en temps, les élèves entendaient quelqu'un crier dans la rue :

– Hé ! Jules ! Viens vite ! Y'a un accident sur la route du Moulin Bleu…

M. Grolapin se précipitait alors sur son appareil photo. Il abandonnait ses élèves pour se rendre sur les lieux du drame et accomplir son devoir de journaliste. Il sautait sur son vélo en criant à sa femme :

– Juliette, occupe-toi des élèves !

Sa femme quittait alors sa cuisine et venait
prendre la place de son mari sur l'estrade. 13
Elle disait toujours avec un grand sourire :

– Bonjour, les enfants ! Comment allez-vous, aujourd'hui ?

C'était comme si un rayon de soleil illuminait la classe. Les élèves répondaient en chœur qu'ils allaient bien, et ils remerciaient en silence l'imprudent qui venait de jeter sa voiture contre un platane. Alors commençait la leçon la plus agréable que l'on puisse imaginer. Mme Grolapin avait l'habitude de faire l'école avec des gâteaux, des gâteaux que les enfants préparaient eux-mêmes !

La dictée, c'était la recette. Le problème, c'étaient les calculs pour la préparation et le temps de cuisson. La correction… Ah, la correction ! C'était le meilleur moment : la dégustation du gâteau ! S'il était réussi, tous les élèves avaient une bonne note. S'il était raté, on recommençait jusqu'à ce qu'il soit bon. Bref, une maîtresse idéale.

Un jour, un homme fit irruption dans la classe au beau milieu d'une tarte aux abricots. C'était le nouvel inspecteur. Il s'attendait à trouver Jules Grolapin. La personne qu'il vit entourée d'élèves pâtissiers le laissa sans voix.

– Où est M. Jules Grolapin ? demanda-t-il, étonné.

On ne pouvait tout de même pas dire qu'il était parti photographier le maire qui, ce jour-là, remettait la médaille du courage à une centenaire qui avait eu quinze enfants et cent dix petits-enfants ! La femme de l'instituteur sauva la situation.

– M. l'inspecteur, dit-elle, il doit y avoir une erreur. Je ne suis pas Jules Grolapin, mais Juliette Grolapin. Nous étions en train de faire du calcul en préparant une tarte.

C'était dit avec un si charmant sourire que l'inspecteur s'assit aussitôt, corrigea sa fiche, nota que les enfants travaillaient dans le calme, puis goûta la tarte. Il la trouva délicieuse et félicita tout le monde, surtout la maîtresse. Mais soudain, alors que personne ne l'attendait, Jules Grolapin entra en trombe dans la classe et cria parce que ses élèves n'étaient pas assis, les bras croisés.

– Mais qui est cet énergumène ? demanda 16
l'inspecteur.

– Je suis l'instituteur, répondit le mari.

– Qui va à la chasse, perd sa place ! dit sa femme. N'est-ce pas, M. l'inspecteur ?

Dans l'histoire, qui a perdu sa place ?

Depuis un moment déjà, l'inspecteur approuvait tout ce que Juliette Grolapin disait, alors il fit oui de la tête. Comme l'énergumène protestait, il se tourna vers les élèves et leur demanda qui était vraiment instituteur dans cette classe. Ils montrèrent tous Juliette de la main en disant avec un sourire ravi :

– C'est elle, m'sieur l'inspecteur.

Et c'est ainsi que Mme Grolapin devint institutrice pour la plus grande joie des enfants. Son mari était allé à la chasse aux images, il avait perdu sa place. Tant pis pour lui !

Les absents ont toujours tort.

Corinne habitait Paris. Chaque fin de semaine, elle partait à la campagne avec ses parents. Comme ils ne travaillaient pas le lundi, elle restait avec eux ce jour-là et ne retournait à l'école que le lendemain. Et chaque mardi matin, la directrice, qui avait Corinne dans sa classe, se mettait en colère.

– Le lundi, ce n'est pas jour de vacances ! criait-elle.

Elle convoqua ses parents. Ils répondirent qu'ils avaient besoin de se reposer et qu'il n'était pas question de perdre un jour de repos pour que leur fille suive l'école le lundi.

– D'ailleurs, ce n'est pas grave, dit le père, elle est toujours première.

La mère demanda d'une voix aimable :

– Mme la Directrice, ne croyez-vous pas que la pollution des villes est à l'origine de nombreuses allergies chez les enfants ?

La directrice approuva.

– C'est vrai, dit-elle. La pollution à Paris
est néfaste pour la santé des enfants. 17

La mère de Corinne eut alors un sourire satisfait et hocha la tête en demandant :

– Et vous voudriez que notre fille soit polluée un jour de plus par semaine ?

Furieuse, la directrice se leva d'un bond et montra la porte d'une main qui tremblait de colère.

– Sortez de mon bureau, dit-elle d'une voix grondante.

À partir de ce jour, elle distribua les bons points et les images seulement le lundi. Les autres jours, elle disait *bravo, très bien*, mais bons points et images restaient dans son tiroir. Corinne, qui en recevait auparavant beaucoup, n'en eut plus un seul et ses camarades se moquèrent d'elle.

– Ça m'est égal, dit-elle. Moi, le lundi, je reste au lit !

Au fond d'elle-même, elle en souffrait. Ses parents protestèrent contre la façon d'agir de la directrice, mais celle-ci leur répondit que les absents avaient toujours tort et que, si Corinne voulait des bons points et des images, elle n'avait qu'à venir à l'école le lundi.

Les parents durent consoler leur fille.

– Ne t'en fais pas, lui dit sa mère, ce qui compte surtout, c'est le classement. Et tu es la meilleure élève de la classe.

Corinne continua donc de rester à la campagne le lundi. Tant pis pour les images et les bons points !

Voyant que sa ruse avait échoué, la directrice devint d'une humeur épouvantable.

Elle qui était une bonne maîtresse d'école perdait maintenant patience quand un élève ne comprenait pas. Et puis soudain, un beau matin, elle accueillit ses élèves avec le sourire, fit sa classe avec gentillesse. D'où lui venait cet accès de bonne humeur ? Elle avait trouvé comment forcer les parents de Corinne à envoyer leur fille en classe tous les jours de la semaine, sans exception…

Le lundi suivant, quand les enfants furent assises à leur bureau, elle ne fit aucune remarque sur l'absence de Corinne. Elle dit simplement :

– Aujourd'hui, on fait les compositions. On les fait toutes !

Elle se frotta les mains en pensant à la tête des parents de Corinne quand ils découvriraient que leur fille ne serait pas première pour la première fois de sa vie. De leur côté, les élèves avaient aussi le sourire. Corinne

Qui n'est pas content quand Corinne est absente ?

étant absente, elles allaient toutes faire des progrès : la deuxième serait première, la troisième serait deuxième, et ainsi de suite. Même la dernière ne serait plus tout à fait dernière : elle serait seulement 33e sur 34 !

Le lendemain, les parents de Corinne apprirent que leur fille avait manqué les compositions. Ils se précipitèrent à l'école. La directrice avait accroché une petite affiche sur la porte de sa classe. On pouvait y lire, écrit en grosses lettres : « Les absents ont toujours tort. » Dessous, en plus petit, elle avait ajouté : « Sauf en cas de maladie, bien sûr. »

Depuis ce jour, Corinne ne manqua plus jamais l'école le lundi, et la 33e du classement redevint 34e !

Chose promise, chose due.

C'était il y a bien longtemps de cela, dans le village de Tourlac. Un vendredi, la neige se mit à tomber pendant la leçon de calcul.

– Si ça continue, dit le maître, nous pourrons organiser un concours de glissade à la récréation de cet après-midi.

Un hurlement de joie retentit dans la classe, aussitôt suivi par les coups de règle que le maître donnait sur son bureau pour faire taire ses élèves.

– Le concours, ajouta-t-il d'une voix sévère, c'est seulement si vous travaillez bien et dans le calme !

Jamais les élèves de M. Moulinot ne furent aussi studieux et aussi sages. Ils réussirent tous le problème du jour. Il n'y eut pas un seul zéro à la dictée. Pendant le temps libre après le déjeuner, ils apprirent leur leçon de géographie et, l'après-midi, M. Moulinot distribua des bonnes notes comme il ne l'avait encore jamais fait.

Au moment de sortir en récréation, un drôle de vieux bonhomme à barbiche entra dans la classe.

– Bonjour, M. Moulinot, dit-il. Je viens vérifier si vos élèves travaillent bien. Faites-leur une leçon de calcul.

C'était l'inspecteur. Fini le concours de glissade ! Jamais le maître n'oserait tenir sa promesse devant celui qui, justement, était en train de dire :

– La cour de récréation est une vraie patinoire. J'ai failli tomber. Il faut que vous demandiez du sel au maire de la commune pour faire fondre la glace. Mais passons aux

Qu'a promis M. Moulinot à ses élèves ?

choses sérieuses : la leçon de calcul.

Les élèves regardaient leur maître avec désespoir. Ils avaient travaillé toute la journée et, à cause d'un barbichu qu'ils ne reverraient jamais, ils allaient être privés de glissade. Pour sa part, M. Moulinot avait l'air aussi désolé qu'eux. Il soupirait et semblait leur dire : « Je ne peux vraiment pas tenir ma promesse… je n'y suis pour rien… »

Puis, soudain, ses yeux se mirent à briller et il dit à l'inspecteur :

– Je ne peux pas faire de calcul maintenant. En fin de journée, il y a gymnastique au programme. C'est obligatoire.

L'inspecteur n'osa pas dire le contraire, mais il protesta tout de même :

– Vous ne pouvez pas sortir avec un temps pareil ! Il y a trente centimètres de neige…

– Il faut bien, répondit le maître. Dimanche, il y a un concours de glissade à

Tourlac, et les enfants doivent s'entraîner.

L'inspecteur regarda le maître de travers.

– Vous avez l'autorisation des parents pour faire un sport aussi dangereux dans la cour de l'école ?

Le maître devint rouge de confusion. Bien sûr, ce qu'il venait de dire était un mensonge. Heureusement, Romain, le plus grand de ses élèves, se leva et dit avec assurance :

– M'sieur l'inspecteur, l'autorisation, on doit l'apporter demain matin. Les papiers des parents, on les apporte toujours le samedi... Comme ça, on n'oublie jamais.

Ce n'était pas vrai, pourtant tous les élèves firent oui de la tête, comme si le samedi était bien le jour des papiers signés par les parents. L'inspecteur trouva l'idée astucieuse. Il félicita M. Moulinot d'y avoir pensé et tout le monde sortit dans la cour.

Les élèves piétinèrent la neige pour la tasser

et la rendre bien glissante, on traça une ligne de départ et l'entraînement put commençer. C'était à celui qui irait le plus loin. Le maître glissait avec ses élèves. L'inspecteur essaya aussi, mais il se retrouva sur le derrière. Les élèves l'aidèrent gentiment à se relever. Bref, tout le monde s'amusa beaucoup.

Le soir, M. Moulinot dit à Romain :

– Ce n'était pas bien de dire un mensonge, surtout à M. l'inspecteur.

Romain sourit malicieusement :

– C'était pas un mensonge, m'sieur. C'était juste pour vous aider à tenir votre promesse !

M. Moulinot éclata de rire et, comme l'inspecteur ne reviendrait pas avant longtemps, il décida que toute la journée du samedi – qui était autrefois un jour d'école comme les autres – serait consacrée à un concours de glissade.

Le malheur des uns fait le bonheur des autres.

Les habitants de Belrive et de Granlac se détestaient. Cela durait depuis longtemps et personne ne savait plus pourquoi.

Heureusement, les deux villages étaient séparés par une montagne et, pour aller de l'un à l'autre, il fallait franchir le col de Pontière par une route en lacets de quinze kilomètres. Ce n'était pas facile et cela évitait bien des bagarres.

Cette année-là, l'école de chaque village avait une équipe de football qui participait au championnat des minimes. Or, par un malin hasard, ces deux équipes se retrouvèrent en finale. On tira au sort et Granlac fut désigné pour accueillir le match suprême.

Deux heures avant le début de la rencontre, parents et élèves de Belrive montèrent dans un bus qui s'engagea sur la route du col de Pontière. Tous chantaient « Granlac dans le lac ! ». La côte était raide et les chants couvraient le bruit du moteur. Il y avait un tel vacarme que personne n'entendait le clic-clic-clic que faisait le bus dans les virages.

Le véhicule s'arrêta soudain : le chauffeur ne pouvait plus tourner son volant ! Il sortit, se pencha et vit une flaque d'huile qui coulait du moteur.

– On est en panne, dit-il. C'est la direction assistée. Le volant est bloqué.

Le car était maintenant aussi silencieux qu'un aquarium. Les passagers étaient muets comme des carpes.

– Granlac va gagner par forfait ! s'écria soudain une maman.

À l'époque, il n'y avait pas de téléphone

portable pour appeler du secours.

– On va y aller à pied, décida un père. On va leur montrer à ces ramollos de Granlac que les gars de Belrive sont des courageux !

Il restait neuf kilomètres à parcourir, dont trois en montée, mais cela n'effraya personne. Tout le monde descendit du bus, et en route pour Granlac !

Il fallut plus de deux heures aux joueurs de Belrive pour arriver à Granlac, deux heures d'enfer, sous le soleil de juin, avec des parents qui avaient dit en s'essuyant le front :

– Partez devant, vous avez de meilleures jambes que nous.

De tous les adultes, seul l'instituteur marcha avec ses élèves. L'équipe de Belrive arriva juste à temps, épuisée. Quand elle entra sur le stade, elle se retrouva face aux joueurs de Granlac frais et dispos, qui les attendaient de pied ferme. L'arbitre siffla le début du match. Un but, deux buts, trois buts… Les pauvres élèves de Belrive jetèrent leurs dernières forces dans la bataille, mais ils n'en pouvaient plus. Ils s'effondrèrent en seconde mi-temps et le match se termina sur le score de douze à zéro !

Les perdants étaient très malheureux. Ce n'était pas leur faute si le bus était tombé en panne et s'ils avaient dû franchir le col de Pontière à pied. Ils retournèrent dans les vestiaires la tête basse, les larmes aux yeux.

Mais leur malheur avait fait le bonheur des joueurs de Granlac qui chantaient à tue-tête. Ils étaient heureux. On leur expliqua pourquoi leurs adversaires avaient perdu.

– Alors, dit le capitaine de l'équipe, on a gagné parce qu'ils n'ont pas eu de chance ?

Au nom de toute l'équipe, il admit que le score était un peu injuste, mais que la victoire de Granlac était si écrasante que ce n'était pas

Qu'est-ce qui a causé le malheur des joueurs de Belrive ?

la peine de rejouer le match. L'instituteur dit ensuite quelques mots pour consoler les vaincus. Il déclara que les élèves de Belrive avaient perdu, mais qu'ils avaient eu du courage.

– Franchir le col de Pontière à pied, dit-il, ce n'est pas si mal que ça.

L'instituteur de Belrive répliqua au nom de ses élèves :

– Votre équipe sera vraiment championne si elle gagne un match chez nous, en arrivant à pied par le col !

Et les perdants remontèrent dans le car tout neuf qui était venu les chercher.

Les élèves de Granlac refusèrent bien sûr d'aller jouer à Belrive en arrivant à pied par le col, et la guerre continua entre les deux villages…

1
il **se vantait**
Pierrot exagérait quand il parlait de ses exploits.

2
excédé
Très agacé.

3
sa voix **s'étrangla**
Sa voix avait de la peine à sortir parce qu'il avait peur.

4
elles **crissaient**
Les plumes grinçaient sur le papier.

5
une **bourrique**
Un âne.

6
une **niquedouille**
Un nigaud.

7
cornegidouille
Mot dit par le père Ubu, personnage imaginaire très bête.

8
turbulent
Agité, remuant, insupportable.

9
il **débite** un litre à la minute
Le robinet laisse couler un litre d'eau en une minute.

10
un **plombier**
Personne dont le métier est de poser les tuyaux et les appareils où passe de l'eau.

11
un **trop-plein**
Ouverture par où l'eau en trop peut s'en aller pour éviter qu'elle déborde.

12
bouche bée
Bouche ouverte, quand on est très étonné.

13
une **estrade**
Plancher au-dessus du sol. On y monte à l'aide d'une ou deux marches.

14
la **dégustation** d'un gâteau
Moment où l'on goûte le gâteau pour voir s'il est bon.

15
il fit **irruption**
Il entra alors qu'on ne l'attendait pas.

16
un **énergumène**
Personne agitée, qui crie et fait de grands gestes.

17
néfaste
Mauvais.

18
une **ruse**
Façon d'agir pour tromper quelqu'un.

19
les **minimes**
Les enfants de 12 à 15 ans. À l'époque de cette histoire, la plupart des enfants restaient à l'école primaire jusqu'à 14 ans.

20
gagner **par forfait**
Gagner parce que l'équipe adverse n'a pas voulu ou pu jouer.

Les aventures du rat vert

- 1 Le robot de Ratus
- 3 Les champignons de Ratus
- 6 Ratus raconte ses vacances
- 7 Le cadeau de Mamie Ratus
- 8 Ratus et la télévision
- 15 Ratus se déguise
- 19 Les mensonges de Ratus
- 21 Ratus écrit un livre
- 23 L'anniversaire de Ratus
- 26 Ratus à l'école du cirque
- 29 Ratus et le sapin-cactus
- 36 Ratus et le poisson-fou
- 39 Noël chez Mamie Ratus
- 40 Ratus et les puces savantes
- 46 Ratus en ballon
- 47 Ratus père Noël
- 50 Ratus à l'école
- 54 Un nouvel ami pour Ratus
- 57 Ratus et le monstre du lac
- 61 Ratus et le trésor du pirate
- 1 Ratus chez le coiffeur
- 2 Ratus et les lapins
- 3 Les parapluies de Mamie Ratus
- 8 La visite de Mamie Ratus
- 9 Ratus aux sports d'hiver
- 13 Ratus pique-nique
- 23 Ratus sur la route des vacances
- 27 La grosse bêtise de Ratus
- 31 Le secret de Mamie Ratus
- 38 Ratus chez les robots
- 41 Ratus à la ferme
- 46 Ratus champion de tennis
- 56 Ratus et l'œuf magique
- 60 Ratus et le barbu turlututu
- 64 Ratus chez les cow-boys
- 66 Le jeu vidéo de Ratus
- 5 Les fantômes de Mamie Ratus
- 8 La classe de Ratus en voyage
- 12 Ratus en Afrique
- 16 Ratus et l'étrange maîtresse
- 26 Ratus à l'hôpital
- 29 Ratus et la petite princesse
- 31 Ratus et le sorcier
- 33 Ratus gardien de zoo
- 47 En vacances chez Ratus
- 52 Ratus le chevalier vert

Super-Mamie et la forêt interdite

- 42 Super-Mamie et le dragon
- 43 Le Noël magique de Super-Mamie
- 44 Les farces magiques de Super-Mamie
- 48 Le drôle de cadeau de Super-Mamie
- 59 Super-Mamie et le coiffeur fou
- 42 Au secours, Super-Mamie !
- 45 Super-Mamie et la machine à rétrécir
- 57 Super-Mamie, dentiste royale
- 62 Le Grand Baboul fait la classe

Les histoires de toujours

27 Icare, l'homme-oiseau
32 Les aventures du chat botté
35 Les moutons de Panurge
37 Le malin petit tailleur
41 Histoires et proverbes d'animaux
49 Pégase, le cheval ailé
26 Le cheval de Troie
32 Arthur et l'enchanteur Merlin
43 La légende des santons de Provence
49 Les malheurs du père Noël
52 À l'école de grand-père
21 L'extraordinaire voyage d'Ulysse
36 Les douze travaux d'Hercule
40 Les folles aventures de Don Quichotte
46 Les mille et une nuits de Shéhérazade
49 La malédiction de Toutankhamon
50 Christophe Colomb et le Nouveau Monde

Ralette, drôle de chipie

10 Ralette au feu d'artifice
11 Ralette fait des crêpes
13 Ralette fait du camping
18 Ralette fait du judo
24 Une surprise pour Ralette
28 Le poney de Ralette
38 Ralette, reine du carnaval
45 Ralette, la super-chipie !
51 Joyeux Noël, Ralette !
56 Ralette, reine de la magie
62 Ralette et son chien
4 Ralette n'a peur de rien
6 Mais où est Ralette ?
44 Les amoureux de Ralette

L'école de Mme Bégonia

11 Drôle de maîtresse
25 Un voleur à l'école
33 Un chien à l'école

La classe de 6e

17 La classe de 6e tourne un film
44 La classe de 6e au Puy du Fou
48 La classe de 6e contre les troisièmes

Collection Ratus Poche

Collection Ratus Poche

Les imbattables

- 54 La rentrée de Manon
- 55 Le chien de Quentin
- 58 Barnabé est amoureux !
- 61 Le courage de Manon
- 63 Le mystère du cheval sauvage
- 65 Les éléphants en danger

Baptiste et Clara

- 30 Baptiste et le requin
- 40 Clara et la robe de ses rêves
- 51 Clara et le secret de Noël
- 53 Les vacances de Clara
- 59 Clara fait du cinéma
- 38 Clara superstar
- 41 Clara et le garçon du cirque
- 43 Clara, reine des fleurs
- 45 Clara et le cheval noir
- 51 Clara et le dauphin

Francette top secrète

- 52 Mystère à l'école
- 53 Drôle de momie !
- 55 Mission Noël
- 58 Enquête à quatre pattes
- 60 Le fantôme de Trucmachin
- 64 Vacances au Pouloulou

M. Loup et Compagnie

- 63 Mission petite souris
- 65 SOS, père Noël !
- 66 Trop bon, le dinosaure !

Conception graphique couverture : Pouty Design
Conception graphique intérieur : Jean Yves Grall • mise en page : Atelier JMH

Achevé d'imprimer en France par Pollina, 85400 Luçon - n° L56396
Dépôt légal n° 92317-3/05 - Mars 2011